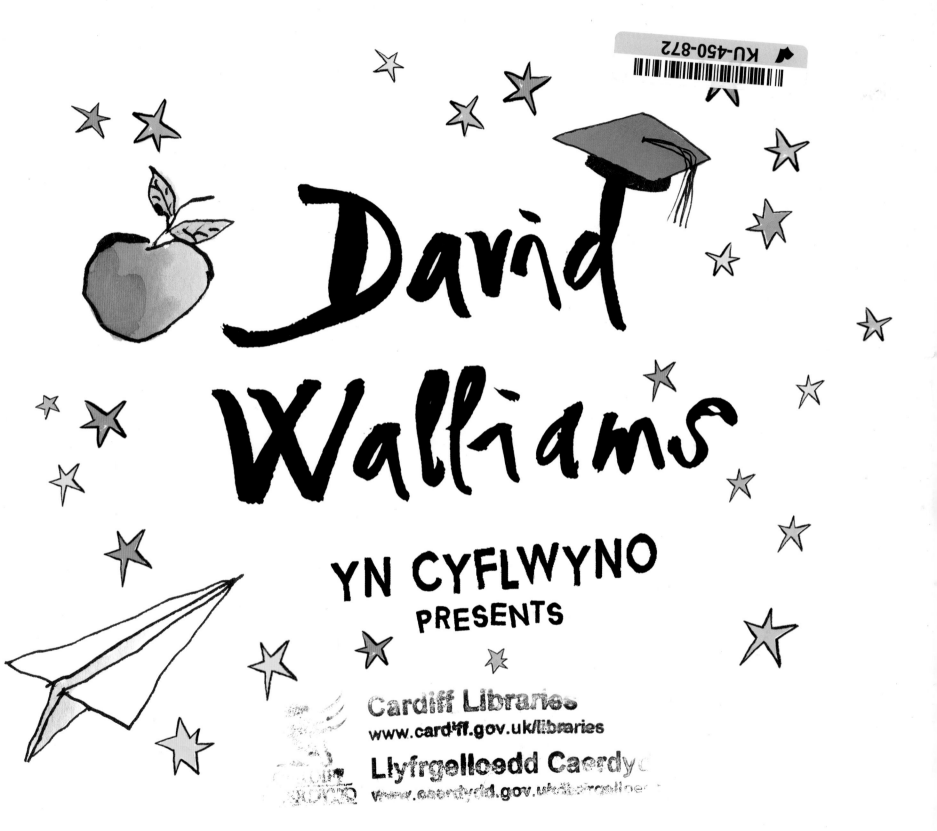

David Walliams

YN CYFLWYNO
PRESENTS

NEIDR

Miss Crechwen

Dyma'r darnau diflas

Y fersiwn Saesneg

Cyhoeddwyd gyntaf yn 2016 gan Harper Collins Children's Books sy'n adran o Harper Collins Publishers Ltd, 1 London Bridge Street, Llundain SE1 9GF

Hawlfraint testun © David Walliams 2016

Hawlfraint lluniau © Tony Ross 2016

Llythrennau enw'r awdur © Quentin Blake

Mae hawliau David Walliams a Tony Ross wedi'u cydnabod fel awdur ac arlunydd y gwaith hwn. Mae eu hawliau wedi'u datgan dan Ddeddf Hawlfreintiau, Dyluniadau a Phatentau 1988.

Y fersiwn Gymraeg

Y cyhoeddiad Cymraeg © Atebol Cyfyngedig, Adeiladau'r Fagwyr, Llanfihangel Genau'r Glyn, Aberystwyth, Ceredigion SY24 5AQ

Cyhoeddwyd gan Atebol Cyfyngedig yn 2017

Addaswyd i'r Gymraeg gan Eurig Salisbury

Dyluniwyd gan Owain Hammonds

Argraffwyd yn yr Eidal

www.atebol.com

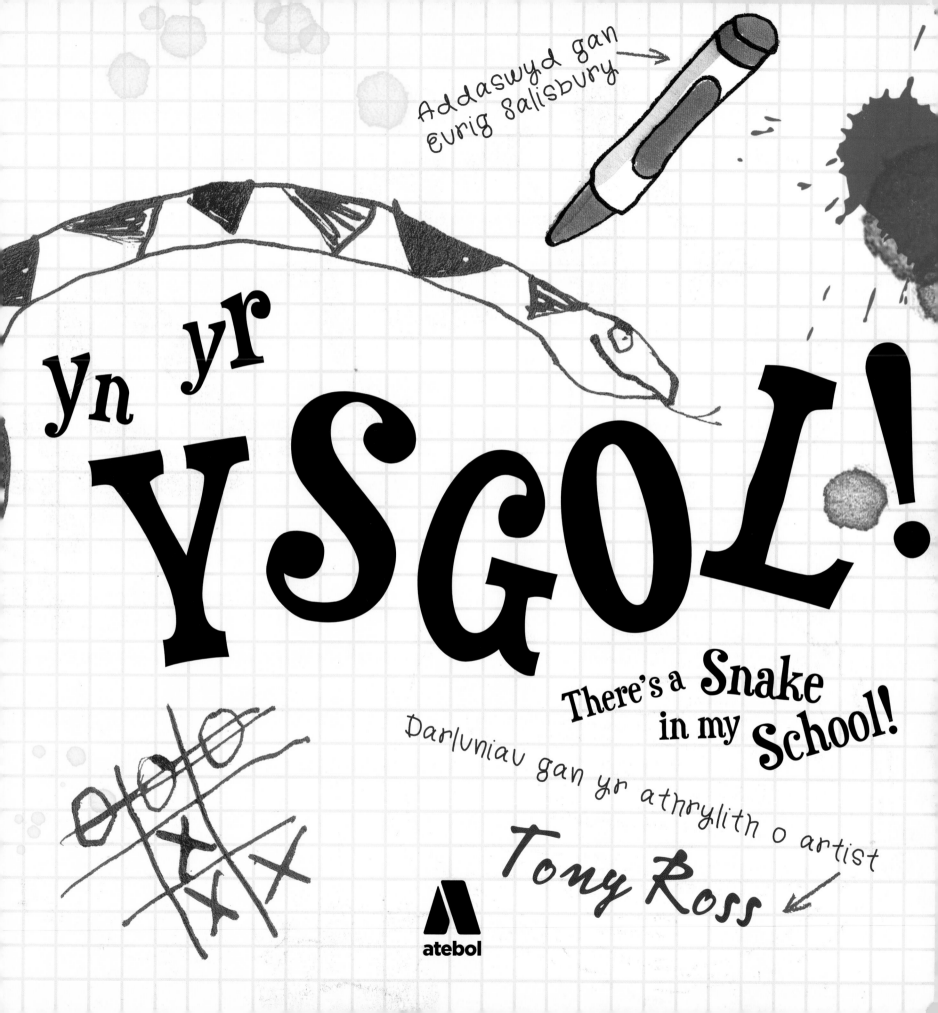

Addaswyd gan Eurig Salisbury

yn yr YSGOL!

There's a Snake in my School!

Darluniau gan yr athrylith o artist

Tony Ross

atebol

David
a
Bert

Stanley

Tony

Dorothy

I'r Tri Amigo,
Eddie, Frankie
ac Alfred.
D.W.

I Ruth, gyda diolch.
T.R.

RWY'N ♥ CATHOD

Roedd Mr Disglair wedi dweud wrth bob un o'r plant yn ei ddosbarth ei bod hi'n Ddiwrnod Dod-ag-anifail-anwes-i'r-ysgol. Rhuthrodd pawb i'r iard i gwrdd â'r anifeiliaid. Roedd yno …

Mr Disglair had told all the children in his class it was Bring-your-pet-to-school Day. Everyone rushed into the playground to meet the animals. There was…

pysgodyn aur bach bach,

a tiny goldfish,

erbil *GWIRION O GIWT*,

a *STUPIDLY CUTE* gerbil,

cath **fawr dew**,

a **fat** cat,

a chi **tal iawn**.

and a **tall** dog.

crwban cant oed

a one-hundred- year-old tortoise

Yr olaf i gyrraedd, fel arfer, oedd merch fach o'r enw Mirain.
Roedd hi'n eistedd ar gefn **clamp o neidr fawr lithrig.**

"Dewch i gwrdd â Ceridwen, fy mheithon i!"
dywedodd Mirain.

Last to arrive, as usual, was a little girl called Mirain.
She was riding on the back of an *enormous slithery snake.*

"Meet Ceridwen, my pet python!"
announced Mirain.

Pan welson nhw'r neidr, fe sgrechiodd y plant eraill,

On seeing the snake the other children screamed,

"Aaaaaaaaa!"

Roedd Mirain **wrth ei bodd** yn bod yn wahanol i bawb arall.
Roedd hi'n enwog ar draws yr ysgol am ei hoffter o

Mirain **loved** being different. She always stood out at school with her

wisgo'n unigryw,

individual take on school uniform,

o fynd din dros ben i lawr y coridorau

her cartwheels down the corridors

ac o gynnig atebion doniol yn y dosbarth.

and her funny answers in class.

Mae peithon yn anifail anwes reit anarferol, ond roedd Mirain a Ceridwen yn **ffrindiau gorau**. I'r ferch fach, byddai'r neidr yn esgus bod …

A python is a rather unusual pet but Mirain and Ceridwen had **so** much fun playing together. For the little girl the snake would pretend to be …

yn **sgarff**,
a scarf,

yn falŵn,
a balloon,

yn hwla-hŵp,
a hula-hoop,

yn **delesgop**,
a telescope,

yn drombôn …
a trombone …

ac weithiau, pan oedd y ddwy'n teimlo'n ddireidus iawn …

and sometimes when they were both feeling particularly mischievous …

yn fraich ychwanegol!
a third arm!

"Dewch i'w *goglais* hi," meddai Mirain.
Ond roedd gormod o ofn ar y plant eraill.
Wedi'r cyfan, roedd Ceridwen yn beithon.
Ac mae peithoniaid yn **BWYTA** pobl.
Roedd yr holl anifeiliaid anwes wedi cael ofn hefyd.

"Come and give her a *tickle*," encouraged Mirain.
But the other children were too scared.
Ceridwen was a python, after all.
And pythons **EAT** people.
All the pets were frightened too.

Fe dynnodd y ci **tal** ar ei dennyn, a llusgo'i
berchennog bach ar ei ôl.

The **large** dog yanked on his
lead, sending his tiny owner flying.

Ceisiodd y
pysgodyn aur
guddio *y tu ôl i'r dŵr*
yn ei danc.

The goldfish tried to hide
behind **some water**.

Rhuthrodd y crwban
i ffwrdd yn
aaaraf iaaaaaaaaawn.

The tortoise made a rather
slooooooooooow run for it.

Dyma'r jerbil bach yn sgyrnygu ei ddannedd, a doedd dim yn giwt iawn amdano wedyn.

The cute gerbil flashed her gnashers and didn't look so cute any more.

Cario 'mlaen i gysgu a wnaeth y cath **fawr dew**.

The **fat** cat just carried on napping.

Llithrodd Mirain i lawr gwddf ei neidr.

Mirain slid down her snake.

Gogleisiodd y ferch fach ei pheithon o dan ei gên, ac fe wenodd y neidr.

"Edrychwch! Mae hi'n gyfeillgar iawn."

The little girl *tickled* her python under the chin, and the snake smiled. "See? She's very friendly."

Yn fuan wedyn fe dyrrodd pawb
o amgylch Ceridwen a rhyfeddu ati.

Roedd y peithon yn hoffi sylw, ac fe drodd ei hun yn …

Soon everyone was gathered around to marvel at Ceridwen.
The python loved the attention and made …

ffrâm ddringo i'r plant gael dringo drosti …

a climbing frame for the children to climb on …

iddyn nhw gael cerdded i fyny ...

steps for them to step up ...

yn risiau

ac yn bolyn tân iddyn nhw gael llithro'n ôl i lawr.

and a fireman's pole for them to slide back down.

Dyma Ceridwen hyd yn oed yn helpu'r plant i ddysgu
sut i rifo, ond fedrai hi ddim cyfri'n uwch na naw.

Ceridwen even helped the children learn their numbers, although she could only go up to 9.

$$1 + 8 = 9$$

Hwn oedd y diwrnod ysgol gorau **erioed**. Ond wedyn ...

This was turning into the best day of school **ever**. But then ...

... fe daranodd Miss Crechwen, y pennaeth, ar draws yr iard, a gwaeddodd

... Miss Crechwen, the headmistress, thundered into the playground and shouted

Doedd Miss Crechwen ddim yn hoff iawn o anifeiliaid. Nac o blant.

"Mae'n Ddiwrnod Dod-ag-anifail-anwes-i'r-ysgol," mwmiodd Mr Disglair.

"A Ceridwen yw fy anifail anwes i," dywedodd Mirain.

Miss Crechwen didn't like animals much. Or children.
"It's Bring-your-pet-to-school Day," spluttered Mr Disglair.
"And Ceridwen is my pet," said Mirain.

"Mirain! Rwyt TI wastad yn achosi trwbwl.
Nid ANIFAIL ANWES yw neidr!" arthiodd Miss Crechwen, "mae'n **BERYG BYWYD!**"

"Mirain! I should have known YOU would have to be different.
A snake is not a PET! It's a **MENACE!**" snapped Miss Crechwen.

Gwaeddodd y merched a'r bechgyn i gyd,

All the girls and boys shouted,

… wrth i'r pennaeth stwffio eu hanifeiliaid i gyd i mewn i'r
CWPWRDD EIDDO COLL!
… as the headmistress stuffed their pets into the **LOST PROPERTY CUPBOARD!**

Pob un heblaw Ceridwen y neidr.
Roedd gan Miss Crechwen rywbeth arall
mewn golwg ar ei chyfer hi …

Except for Ceridwen the snake. Miss Crechwen had other ideas for her …

"Mae'r peth afiach hwn yn dod efo fi," bloeddiodd y pennaeth.

Yna, ar ei hunion, fe lusgodd y peithon druan ar hyd y coridor i'w swyddfa.

"I ble ry'ch chi'n mynd â Ceridwen?" gofynnodd Mirain.

"This disgusting thing is coming with me,"
bellowed the headmistress. With that, she dragged the poor
python along the corridor to her office.
"Where are you going to put Ceridwen?" asked Mirain.

Gwthiodd Miss Crechwen y neidr i mewn i'w bin a **tharo**'r caead yn glep ar ei phen.
Yna fe sodrodd y pennaeth ei hun ar ben y bin er mwyn rhwystro'r peithon rhag dianc.
Fe **ruglodd** ac fe **ratlodd** y bin yn ôl ac ymlaen ond …
roedd Ceridwen yn **sownd**.

Miss Crechwen crammed the snake into her bin and **slammed** the lid shut.
Then she plonked herself down on top so the python couldn't escape.
The bin rattled and rattled but …
Ceridwen was **trapped**.

Eisteddodd Mirain yn yr ystafell ddosbarth gyda dagrau'n llifo i lawr ei bochau. Roedd pob un o'r plant yn drist am fod y pennaeth wedi cymryd eu hanifeiliaid anwes i ffwrdd, ond doedd neb yn fwy trist na Mirain. Roedd arni ofn na fyddai'n gweld Ceridwen fyth eto.

Downstairs in the classroom, tears rolled down Mirain's cheeks. All the children were sad to have had their pets taken away, but no one was sadder than Mirain. The little girl feared she would never see Ceridwen again.

Ar ddiwedd y dydd, rhedodd Mirain i fyny'r grisiau i swyddfa Miss Crechwen er mwyn erfyn arni i newid ei meddwl.

At the end of the day Mirain dashed upstairs to Miss Crechwen's office to try to make her change her mind.

Doedd dim ateb, felly'n araf bach fe agorodd Mirain y drws, a gwelodd …

There was no answer, so slowly Mirain pushed open the door, only to see …

Ceridwen yn eistedd yn sedd y pennaeth!

Ceridwen sitting in the headmistress's chair!

Rhedodd Mirain at ei hanifail anwes a rhoi cwtsh enfawr iddi.

Mirain ran towards her pet and gave her a humongous hug.

Ond doedd dim golwg o Miss Crechwen yn unman,
felly fe gipiodd y ferch fach yr allwedd oddi ar y ddesg …

Miss Crechwen was nowhere to be seen, so the girl grabbed the key on the desk …

a rhedodd nerth ei thraed i'r
CWPWRDD EIDDO COLL
a datgloi'r drws. Roedd yr
anifeiliaid wrth eu bodd yn
cael eu gadael yn rhydd.

ran to the **LOST PROPERTY CUPBOARD**
as fast as she could and unlocked it.
The animals were overjoyed to be set free.

WOOOOO

Yna fe lithrodd Mirain a'r holl anifeiliaid anwes i lawr i'r iard ar gefn Ceridwen.

Then Mirain and all the pets slid down Ceridwen's back into the playground.

Dechreuodd Ceridwen ddifyrru pawb eto.
Fe drodd ei hun yn …

Ceridwen entertained everybody again.
She made …

si-so i'r plant gael

chwarae si-so arni …

a see-saw for them   to see-saw on …

yn siglen iddyn nhw

gael siglo arni …

a swing for them
to swing on …

yn olwyn iddyn nhw gael rholio ynddi …

a wheel for them to roll in …

ac yn rhaff sgipio iddyn nhw gael sgipio drosti.

and a skipping rope to skip with.

Dyma Ceridwen hyd yn oed yn helpu'r plant lleiaf i ddysgu'r wyddor, ond roedd gwneud siâp y llythyren X yn boenus braidd ...

Ceridwen even helped some of the younger children with the alphabet, although it was hard to do an "X".

U V W X Y Z

Ond beth am Miss Crechwen? Doedd dim sôn amdani.
Felly rhoddwyd swydd y pennaeth i Mr Disglair.
Roedd y plant nawr yn cael dod â'u hoff anifeiliaid i'r ysgol
bob dydd. Daeth yr ysgol yn gartref i anifeiliaid anhygoel fel …

As for Miss Crechwen, she had completely disappeared. So Mr Disglair was made headmaster.
Now the children were allowed to bring in all their favourite animals whenever
they wanted. The school became home to every sort of fantastic creature …

jiráff,
a giraffe,

estrys,
an ostrich,

teigr,
a tiger,

gorila,
a gorilla,

eliffant,
an elephant,

cangarŵ,
a kangaroo,

crocodeil,
a crocodile,

arth ...
a grizzly bear ...

a hyd yn oed haid o bengwiniaid.
and even a colony of penguins.

Ond y **SEREN FAWR** bob tro oedd Ceridwen.

But the **STAR ATTRACTION** was always Ceridwen.

Cofia di, roedd Mirain wedi sylwi ar rywbeth bach a oedd
yn wahanol am ei pheithon ...

Though Mirain had noticed that there was something different about her python...

Roedd Mirain wedi sylwi ar chwydd.

Chwydd reit **FAWR** ym mol ei neidr.

Chwydd a'i siâp yn rhyfeddol o debyg i Miss Crechwen.

Ond penderfynodd y ferch fach nad oedd angen i neb wybod am hynny.

There was a bulge.
A **BIG** bulge in the snake's tummy.
A bulge in the shape of Miss Crechwen.
But the little girl thought it best not to say anything.